ANALYSE de l'œuvre

Par Dominique Coutant-Defer
et Alexandre Randal

Pourquoi j'ai mangé mon père

de Roy Lewis

AF380947

Rendez-vous sur lepetitlitteraire.fr et découvrez :

Plus de 1200 analyses
Claires et synthétiques
Téléchargeables en 30 secondes
À imprimer chez soi

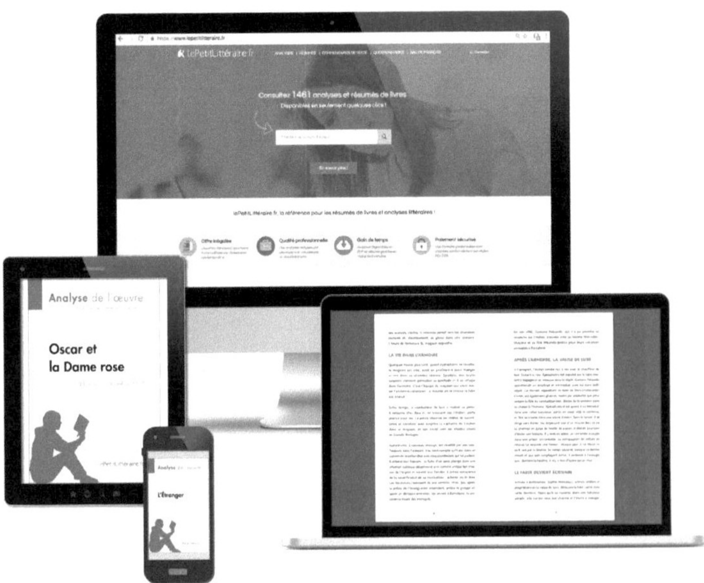

ROY LEWIS   1

POURQUOI J'AI MANGÉ MON PÈRE   2

RÉSUMÉ   3

L'évolution à tout prix

À la recherche d'une compagne

ÉTUDE DES PERSONNAGES   8

Ernest

Édouard

Oncle Vania

Griselda

Mathilde

Oswald

Tobie

Alexandre

William

Oncle Ian

Les autres membres de la horde

CLÉS DE LECTURE   13

Schémas actanciel et narratif

Un roman historique

Un roman accessible à tous

Roy Lewis et les théories de Darwin

Le tabou du parricide selon Freud

PISTES DE RÉFLEXION   24

ROY LEWIS

- **Né en 1913 à Felixstowe (Royaume-Uni)**
- **Décédé en 1996 à Londres**
- **Quelques-unes de ses œuvres :**
  - *Pourquoi j'ai mangé mon père* (1960), roman
  - *Mr Gladstone et la Demi-mondaine* (1993), roman
  - *La Véritable Histoire du dernier roi socialiste* (1993), roman

Né en 1913 en Angleterre, Roy Lewis est avant tout sociologue et journaliste, entre autres pour *The Economist* et le *Times*. Intéressé par le passé de l'espèce humaine, il fait une entrée en littérature tardive mais remarquée avec *Pourquoi j'ai mangé mon père* (1960), après un long séjour dans l'hémisphère sud. Il est également l'auteur de *Mr Gladstone et la Demi-mondaine* (1993) et de *La Véritable Histoire du dernier roi socialiste* (1993). Il est décédé en 1996 à Londres.

POURQUOI J'AI MANGÉ MON PÈRE

LE LIVRE LE PLUS DRÔLE
DES ANNÉES SOIXANTE !

- **Genre :** roman
- **Édition de référence :** *Pourquoi j'ai mangé mon père*, traduit de l'anglais par Rita Barisse et Vercors, Paris, Pocket, 2009, 183 p.
- **1re édition :** 1960
- **Thématiques :** préhistoire, évolution, technologie, découverte, humour

« C'est le livre le plus drôle de toutes ces années, mais ce n'en est pas moins l'ouvrage le plus documenté sur l'homme à ses origines », écrit le naturaliste Théodore Monod (1902-2000) à propos du roman *Pourquoi j'ai mangé mon père*, paru en 1960.

En effet, écrite sur un mode humoristique, cette œuvre évoque les tribulations d'une horde préhistorique, dominée par un chef toujours soucieux de faire progresser l'espèce au moyen de découvertes technologiques qui engendrent souvent de cocasses mésaventures.

RÉSUMÉ

L'ÉVOLUTION À TOUT PRIX

Au temps de la préhistoire, Ernest, le narrateur, vit au Kenya avec sa horde, composée d'une douzaine d'individus. Il a plusieurs tantes, toutes veuves, leurs maris ayant été, pour la plupart, tués à la chasse. Bien qu'il ne puisse identifier clairement les enfants des « différentes portées » (p. 36), Ernest est proche d'un de ses frères, Oswald, et d'une de ses sœurs, Elsa, avec qui il compte « s'apparier » (p. 38) plus tard.

Son père, Édouard, est le chef de la bande. Il est parvenu à subtiliser un peu de feu sur un volcan, ce que Vania, l'oncle d'Ernest, juge contre nature. Cependant, il vient souvent leur rendre visite et pester contre le feu, de préférence pendant les soirées froides. Vania est profondément réactionnaire, ce qui crée des disputes mémorables entre les deux hommes : « Cela fait combien de temps déjà que tu joues ainsi avec le feu ? » (p. 18), demande Vania à Édouard. Pour se défendre, Édouard prétend que malgré quelques inconvénients (brulures, fumée, nécessité de l'alimenter sans cesse, etc.), le feu a beaucoup d'avantages : il chauffe, permet d'aménager « de merveilleuses cavernes sèches et spacieuses » (p. 28) – ce dont rêvent toutes les femmes –, éloigne les insectes et offre sans doute d'autres possibilités qu'il faut étudier. « *Back to the trees!* » (p. 19), hurle alors Vania en regagnant les arbres où il continue d'habiter, tandis que les autres vivent dans une caverne.

Il prétend également que son frère est en train de se couper de la nature avec ses inventions, que c'est vulgaire et petit-bourgeois. Édouard rétorque qu'il s'agit juste d'adaptation. Par ailleurs, celui-ci découvre le moyen de transporter le feu pendant ses déplacements : il enflamme des branchages les uns après les autres. Cela lui est utile pour éloigner les animaux. Puis il se rend compte par hasard qu'il peut, en les durcissant au feu, façonner des épieux plus efficaces pour la chasse. Les hommes de la horde rapportent ainsi des gnous, des zèbres et des cerfs, au lieu des petits animaux habituels. Quant aux femmes, elles ne sont plus obligées de suivre les chasseurs pour les aider : « Ce fut vers cette époque que mon père commença à dire que la place de la femme est au foyer » (p. 50), note le narrateur. Les jeunes garçons, de leur côté, apprennent d'abord la taille du silex, puis passent à l'étape suivante : la chasse.

Édouard leur fait remarquer que l'espèce humaine devra bientôt passer à un stade supérieur d'évolution : il lui faudra effectuer des tâches plus diversifiées, sous peine de disparaitre. Ayant fait ce constat, il devient de plus en plus irritable et morose : il trouve que l'évolution de l'homme n'est pas assez rapide et essaie de situer approximativement la période dans laquelle ils se trouvent en observant les animaux : « Je crois que nous sommes vers le milieu du Pléistocène » (p. 73), conclut-il.

Pendant ce temps, Alexandre, un des fils d'Édouard, découvre par hasard qu'il peut faire des dessins sur les parois de la grotte en soulignant les ombres avec du bois brulé. À un Vania horrifié, il répond que c'est « de l'art figuratif »

(p. 61).

À LA RECHERCHE D'UNE COMPAGNE

L'oncle Ian revient d'un long tour du monde et évoque devant la horde rassemblée les différents climats, modes de vie et types physiques qu'il a côtoyés. Il fait remarquer à Édouard, vexé, que certains hominidés sont plus avancés qu'eux en matière de langage ou de découvertes. Mais, en voulant dompter une espèce de cheval, il tombe et meurt. Sa femme, l'ante Gudule, est désespérée.

Édouard emmène le narrateur, Ernest, et trois de ses frères, Tobie, Oswald et Alexandre, pour une longue expédition vers le Kilimandjaro, dans le but de leur trouver des compagnes. « Ici, commence l'exogamie » (p. 91), dit-il à ses fils qui préféreraient continuer à s'apparier avec leurs sœurs. Leur père pense en effet qu'il s'agit d'un facteur d'évolution qui accorderait à la horde un statut supérieur, celui de tribu, et qui, de plus, régénèrerait l'espèce. Il quitte ses fils et rentre chez lui.

Les jeunes gens s'approchent « d'un taudis paléolithique » (p. 99) et repèrent des jeunes filles qui leur plaisent, mais celles-ci sont entourées par leur redoutable père. Ils décident alors de suivre les femmes qui, étant à un stade moins avancé de l'évolution, chassent encore le petit gibier. Ernest poursuit une jeune fille, Griselda, pendant douze jours à travers la savane. Flattée, elle finit par s'offrir à lui, mais le jeune homme, vexé d'avoir été traité ainsi, la refuse, la laissant désespérée. Il finit tout de même par admettre que Griselda possède des qualités, entre autres physiques, qui seraient profitables à sa propre horde. Il court donc la retrouver et les deux jeunes gens vivent une période idyllique. Griselda est heureuse de quitter sa famille et son père tyrannique. Un mois plus tard, les trois frères se retrouvent : tous ont trouvé une compagne et décident de rentrer à la caverne.

Après une chasse mémorable organisée par Oswald, un gigantesque festin est préparé à la caverne, où le chef fait le bilan des immenses progrès réalisés ces derniers temps par leur espèce. Pendant leur absence, leur mère a découvert la cuisson des aliments et ils mangent pour la première fois de la viande cuite. De son côté, Ernest se rend compte de sa faculté de réflexion : « C'était bouleversant d'observer la quantité de choses qui se déroulait derrière le front. » (p. 131) Soudain, des hommes font irruption dans la caverne et enlèvent de nombreuses femmes de la horde. Ernest devine que ce rapt a été orchestré par son père et Griselda, pour mélanger les différents groupes.

Plus tard, Édouard trouve le moyen de faire du feu lui-même, avec un silex frotté contre un rocher de latérite que Tobie a rapporté de son expédition. Mais il déclenche un incendie dévastateur auquel la horde, réunie dehors pour admirer la nouvelle prouesse du chef, échappe en fabriquant un contrefeu. « Le cerveau fonctionne vite quand on a peur » (p. 147), remarque Ernest. Édouard décide de partager sa découverte avec les autres hordes, mais Ernest et les autres jeunes gens s'y opposent catégoriquement : l'invention est trop dangereuse pour la confier à de « grands singes » qui pourraient incendier tout le territoire. Édouard décide cependant de ne pas écouter les avertissements et décide seul de partager le feu, ce qui déclenche le mécontentement d'Ernest et Griselda qui pestent contre l'absence de fibre démocratique du père. La horde doit déménager vers une autre caverne, leur ancien logis étant calciné. Ils évoquent alors leur croyance en un au-delà, un monde après la mort. Puisque celui-ci existe, ils en déduisent que le père ne mourrait pas vraiment s'ils le supprimaient.

Après un long voyage, la horde arrive dans une région au-dessus de l'Équateur, où elle décide de s'établir, mais les lieux sont déjà occupés. « *Do you speak english? Sprechen Sic deutsch?* », demande Édouard au chef des lieux. Les pourparlers sont rudes : on informe Édouard qu'il s'agit d'une propriété privée et que tout contrevenant sera puni. Mais en échange du feu, les occupants acceptent de partager leur territoire, au grand dam des enfants d'Édouard.

Les deux hordes finissent par cohabiter sereinement, mais Ernest et Griselda restent frustrés de voir leurs voisins utiliser le feu comme s'ils l'avaient découvert. Alors qu'Édouard vient d'inventer l'arc à flèches, Ernest s'effraie de ce qu'il pourrait partager sa trouvaille avec l'autre horde. Ayant convaincu son frère Oswald de la nécessité de passer à l'acte, le jeune pithécanthrope s'arrange finalement pour tuer son père au cours d'un essai avec la nouvelle arme. Son éloge funèbre met en avant ses grandes qualités. Il était « porté davantage vers les idées pratiques que spéculatives » (p. 181), fait cependant remarquer Ernest.

Ces évènements marquent la fin du pléistocène.

ÉTUDE DES PERSONNAGES

ERNEST

Ernest, le narrateur du récit, nous raconte les aventures d'un groupe de pithécanthropes (*homo erectus*) vivant dans une région d'Afrique centrale, à la frontière du Kenya et de l'Ouganda. Deuxième fils d'Édouard et de Mathilde, il n'est pas toujours en adéquation avec le point de vue de son père et juge parfois les inventions de ce dernier d'un œil critique. Peu porté sur le côté manuel des choses, il privilégie la pensée par rapport à la force physique, s'émerveillant des capacités de réflexion de son cerveau. Il apprécie la spéculation philosophique et s'interroge sur la vie religieuse de l'homme : il est le premier à émettre l'hypothèse qu'il pourrait y avoir une vie après la mort. Il représente ainsi le penchant humain à pour la réflexion philosophique et théologique.

ÉDOUARD

Édouard est le chef de la horde. Inventeur brillant, il qui n'a de cesse d'imaginer de nouveaux outils pour améliorer leur quotidien et les mener vers le progrès. Il parvient notamment à maitriser le feu et à en domestiquer l'usage, évolution capitale qui va révolutionner l'existence de son espèce et accélérer son processus de développement. C'est d'ailleurs sa raison d'être : il désire avant tout guider les siens dans la transition inévitable qui les conduira du stade de pithécanthrope à celui d'humain. Enthousiaste et énergique, il est également doté d'une grande sagesse et introduit le mariage exogame.

Édouard est un grand idéaliste, extrêmement généreux et animé du désir sincère de partager ses découvertes et inventions avec les autres pithécanthropes. Toutefois, il fait rapidement face à l'opposition de ses fils, qui désirent préserver la suprématie de leur horde sur les autres. Cependant, il enseigne malgré tout aux autres hordes à se procurer du feu et ensuite à le créer, par le frottement entre deux silex. Après l'invention de l'arc, Ernest et Oswald décident de le tuer, en faisant croire à un accident. Il est « mangé d'une façon vraiment civilisée » (p. 182) lors d'un banquet. Comme le dit Ernest, « il fut, parmi les pithécanthropes, le plus grand du pléistocène, et ce n'est pas peu dire ». (p. 182)

ONCLE VANIA

Oncle Vania, le frère ainé d'Édouard, est un personnage bourru et rebelle à tout changement. Alors que toute sa famille loge désormais dans des cavernes, il préfère rester dans les arbres, argüant qu'on y est plus proche de la nature. Selon lui, les innovations mises en place par son frère ne pourront que précipiter l'espèce dans le chaos. Il déplore ainsi avec vigueur la position debout ou la domestication du feu, les considérant comme des abominations contre nature. Cependant, il n'est pas contre le fait de se réchauffer devant le feu pendant l'hiver...

De manière satyrique, il représente les conservateurs et les réactionnaires modernes. Sa devise, *Back to the trees!* (Retour aux arbres !), illustre parfaitement son désir de suivre le même mode de vie que ses ancêtres.

GRISELDA

Griselda est la compagne d'Ernest. Rusée, c'est elle qui l'aidera à organiser le meurtre d'Édouard. Ambitieuse, elle critique fermement ce dernier, qui partage trop généreusement ses découvertes. Elle pense que les connaissances acquises doivent rester le privilège d'un petit groupe afin que celui-ci puisse avoir le pouvoir sur les autres. C'est elle, la première, qui propose de se servir du feu afin d'intimider les autres et de pouvoir donc les soumettre. Elle représente le désir de pouvoir et de domination typique de la race humaine.

MATHILDE

Mathilde est l'épouse d'Édouard et la mère d'Ernest et de ses frères. Elle prend soin de la caverne de la tribu et fait deux découvertes : la cuisson de la viande et l'habillement. Elle représente la vision primitive de la femme qui ne doit s'occuper de rien sinon de la maison familiale.

OSWALD

Oswald est le frère ainé d'Ernest, particulièrement habile à la chasse. Lorsqu'ils se retrouvent livrés à eux-mêmes, en quête de femelles, ses frères cadets le prennent spontanément pour chef. Il est l'archétype du chasseur primitif.

TOBIE

Tobie est l'un des petits frères d'Ernest. Il est adroit dans le travail du silex et dans l'artisanat. C'est lui qui prend la suite de son père dans la conception d'outils innovants. Il symbolise la classe des artisans.

ALEXANDRE

Alexandre est également l'un des frères cadets d'Ernest et est doué pour les peintures rupestres et l'étude du comportement animal. Il incarne l'artiste.

WILLIAM

William est le troisième des petits frères d'Ernest et se caractérise par sa volonté de domestiquer les animaux sauvages. Il représente l'éleveur.

ONCLE IAN

Oncle Ian est le frère d'Édouard. C'est un « petit homme trapu, aux jambes arquées » (p. 77). Il a « le cheveu roux, la barbe maigrichonne, rousse elle aussi, l'œil très bleu et vif » (*ibid*.). Il a effectué de nombreux voyages et raconte ce qu'il a pu observer dans les différentes parties du monde pendant le pléistocène. Il meurt en essayant de monter un hipparion (sorte de petit cheval préhistorique) pour se rendre plus rapidement en Amérique. Oncle Ian évoque la figure de l'explorateur et symbolise l'ouverture au monde.

LES AUTRES MEMBRES DE LA HORDE

Elsa est la sœur d'Ernest, à qui elle était promise avant l'introduction de la recherche de femmes à l'extérieur de la horde. Elle devient finalement la compagne d'un des frères de Griselda.

D'autres personnages moins importants font leur apparition, parmi lesquels Gudule, la tante d'Ernest et la compagne de Ian, ou les autres femmes de la horde.

CLÉS DE LECTURE

SCHÉMAS ACTANCIEL ET NARRATIF

Le schéma actanciel permet d'explorer les relations entre les personnages ainsi que leurs motivations, là où le schéma narratif analyse le déroulement de l'action. Ils présentent donc chacun une facette différente du texte.

Schéma actanciel

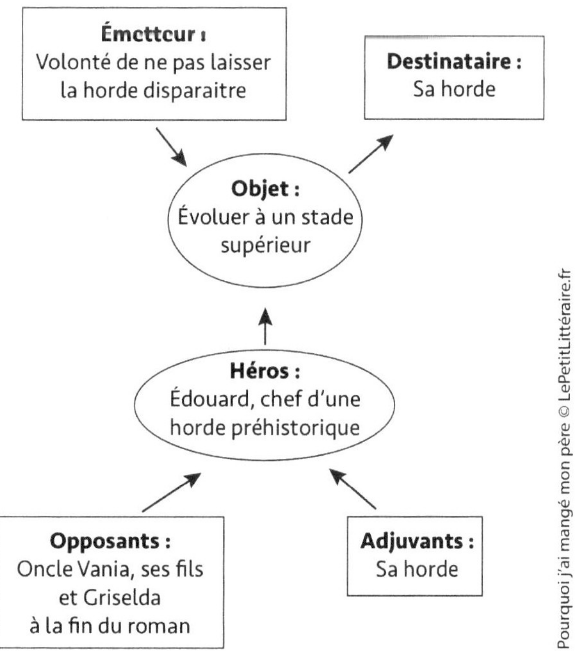

Schéma narratif

Situation initiale : c'est le début de l'histoire, le moment où on présente au lecteur les personnages principaux et le cadre spatiotemporel.

- Le narrateur évoque les difficiles conditions de vie de sa horde, au temps de la préhistoire, au Kenya.

Élément perturbateur : c'est un évènement qui vient modifier la situation initiale et qui va déclencher l'histoire proprement dite.

- L'oncle Vania vient leur rendre visite et critique violemment son frère, le père du narrateur, qui vient de rapporter du feu dans la caverne. Ce changement est le premier grand bouleversement dans la manière de vivre de la horde, celui qui inaugure de nombreux autres à venir, ainsi que les controverses qui s'y attacheront.

Péripéties : ce sont les évènements provoqués par l'élément perturbateur et qui entrainent la ou les actions entreprises par le héros.

- Grâce au feu qui leur permet d'effrayer les animaux sauvages, la horde déménage pour une grotte plus spacieuse. L'oncle Ian revient de voyage et évoque les différents stades d'évolution qu'il a côtoyés. Édouard met au point de nouvelles techniques et emmène ses fils choisir des compagnes dans d'autres hordes, jusqu'à ce qu'un incendie accidentel le force à chercher un autre territoire, que sa horde doit désormais partager avec d'autres individus.

Édouard se brouille avec ses enfants, car ceux-ci refusent qu'il fasse profiter d'autres groupes de ses découvertes.

Dénouement : il met un terme aux péripéties et conduit à la situation finale.

- Ernest et Griselda décident de supprimer Édouard, le jugeant dangereux. Au cours d'un entrainement au tir à l'arc, Ernest provoque un « accident » qui cause la mort de son père.

Situation finale : c'est le résultat, la fin de l'histoire. La situation est à nouveau stable, comme la situation initiale, mais elle a subi des transformations.

- Édouard est mort, le pléistocène se termine et Ernest annonce qu'à la horde revient le devoir de « tempérer le progrès par une sage prudence » (p. 182).

UN ROMAN HISTORIQUE

LE PLÉISTOCÈNE

Il s'agit d'une période de la préhistoire, datée approximativement à 1,5 million d'années av. J.-C. L'espèce vivant pendant cette période est le pithécanthrope, ou homo erectus, dont la face évoque déjà celle de l'homme actuel. Mais ces hominidés ne sont encore que des singes nus, à peine descendus des arbres, parvenus au point critique de l'évolution, au seuil de l'humanité.

Les pithécanthropes, localisés en Afrique de l'Est et du Sud, berceau du genre humain, maitrisent cependant la taille des outils de silex, et savent allumer et entretenir un feu. Ils sont cependant encore en butte à une nature hostile et aux animaux prédateurs.

Mais l'évolution est en marche : peu à peu, ces pionniers adoptent la station bipède, mieux adaptée à la vie dans la savane, passent à un régime alimentaire omnivore, vivent dans des cavernes, maitrisent de mieux en mieux la taille du silex, font des gravures rupestres et passent de l'endogamie à l'exogamie.

Pourquoi j'ai mangé mon père est ce qu'on appelle un roman historique. Le terme peut paraitre impropre, le temps évoqué étant la préhistoire, mais le roman décrit bel et bien une période charnière de l'évolution de l'espèce humaine.

Plusieurs éléments inscrivent *Pourquoi j'ai mangé mon père* dans ce courant romanesque :

- tout d'abord, le souci de la vérité historique. L'ambition des auteurs de romans historiques étant de donner un cadre réel à leur fiction, il est important pour eux de vérifier leurs sources. Dès lors, on peut dire qu'ils adoptent presque une démarche scientifique. Dans ce cas-ci, le souci de la vérité ne fait aucun doute : ce sont les premières découvertes des restes d'un homme préhistorique, en 1959 en Tanzanie, qui poussent Roy Lewis, lui-même passionné d'anthropologie, à écrire ce livre ;
- ensuite, dans la même optique, une documentation

abondante. Les auteurs de romans historiques doivent s'appuyer sur des écrits, une iconographie, des témoignages, etc., pour rendre le cadre de leurs récits le plus fidèle possible à la réalité. C'est encore le cas ici. L'ouvrage étudié a d'ailleurs reçu la caution du savant Théodore Monod, qui a même encouragé sa traduction en français ;

* enfin, le mélange de la réalité et de la fiction. Si les lieux et le mode de vie de ces êtres hybrides, s'efforçant de passer de l'animalité à l'humanité, sont conformes à la réalité, il est clair que ces « presqu'hommes », s'exprimant dans un langage châtié et sachant dans quelle période de l'évolution ils se situent, relèvent de la fantaisie de l'auteur !

UN ROMAN ACCESSIBLE À TOUS

Pourquoi j'ai mangé mon père peut être lu par un public adulte qui saisira, par exemple, les implications du discours réactionnaire de l'oncle Vania (qui porte le nom d'un personnage de Tchekhov [écrivain russe, 1860-1904]) : ce discours préfigure notamment le danger du nucléaire, de l'alimentation standardisée ou de la fabrication des produits à la chaine.

Mais les jeunes lecteurs, souvent passionnés par les époques lointaines, trouveront également leur compte avec ce roman hilarant, dont l'aspect comique repose essentiellement sur les anachronismes du foyer (les femmes s'extasient sur le délicieux living-room qu'elles se sont ménagé dans leur caverne ou bien se félicitent sur la coupe parfaite de leurs peaux de bêtes) et les emprunts aux langues étrangères, que les personnages semblent maitriser parfaitement. Le roman de Roy Lewis satisfait à la fois la curiosité des jeunes lecteurs sur cette période et participe à leur enrichissement culturel. Ils baignent dans l'univers de ces premiers hommes, découvrent les paysages et le climat de leur région, les techniques de survie de ces êtres démunis face aux phénomènes naturels et aux redoutables animaux sauvages, etc.

De plus, nombre de personnages sont jeunes, ce qui permet l'identification des lecteurs avec ces lointains ancêtres qui ont eu leur âge. Ajoutons également que l'aspect distrayant est renforcé par la structure du roman, découpé en courts chapitres, par les dialogues nombreux ainsi que par la clarté de la langue.

ROY LEWIS ET LES THÉORIES DE DARWIN

Charles Darwin (naturaliste anglais, 1809-1882) est l'auteur des travaux sur l'évolution des espèces vivantes qui ont révolutionné la biologie. Son ouvrage le plus célèbre, *De l'origine des espèces*, est paru en 1859. Darwin y affirme que les espèces peuplant la Terre sont le fruit d'une lente évolution. Celle-ci est continuelle, provoquant de la sorte une lutte acharnée pour la survie.

Les théories de Darwin trouvent un écho dans le roman de Roy Lewis, qui partage manifestement ses idées. C'est principalement à travers le personnage d'Édouard qu'elles s'expriment : ce dernier est convaincu que la génération qui suivra la sienne sera plus forte et plus intelligente que la précédente, et ainsi de suite. On peut également voir transparaitre cette théorie de la sélection naturelle et de la lutte pour la survie dans les réflexions du narrateur :

Cette citation peut être mise en regard avec un extrait du chapitre 3 du livre de Darwin, dont le titre équivoque, « La lutte pour l'existence est plus acharnée quand elle a lieu entre des individus et des variétés appartenant à la même espèce », correspond exactement aux propos tenus par Ernest :

« Les espèces appartenant au même genre ont presque toujours, bien qu'il y ait beaucoup d'exceptions à cette règle, des habitudes et une constitution presque semblables ; la lutte entre ces espèces est donc beaucoup plus acharnée, si elles se trouvent placées en concurrence les unes avec les autres, que si cette lutte s'engage entre des espèces appartenant à des genres distincts. » (*L'origine des espèces*, extrait du chapitre III)

Selon Darwin, les espèces ne sont pas immuables : en partant d'un ancêtre commun, elles évoluent lentement – au contraire de ce que suggère le créationnisme (théorie qui soutient que chaque espèce est apparue soudainement, telle quelle). Cette évolution se fait par sélection naturelle, c'est-à-dire que des modifications apparaissent pour chaque espèce. Celles-ci sont, selon le contexte, favorables ou défavorables. C'est alors que débute la sélection naturelle : les individus ont le plus de chances de survivre et de se reproduire si leur évolution est favorable au contexte. En revanche, les individus les moins adaptés sont quant à eux voués à disparaitre.

C'est ce raisonnement qui taraude Édouard et le pousse à chercher le progrès à tout prix, afin de préserver la place des siens sur Terre. Il craint par-dessus tout de prendre du retard sur l'évolution, un retard qui pourrait s'avérer mortel pour toute l'espèce.

LE TABOU DU PARRICIDE SELON FREUD

Ernest, à la dernière page de Pourquoi j'ai mangé mon père, affirme que la mort de son père a « largement contribué à l'élaboration d'institutions sociales absolument fondamentales, telles que le parricide et la patriphagie [fait de manger son père, NDLR], qui assurent la permanence de l'individu aussi bien que de la communauté » (p. 182). Après l'avoir tué, alors qu'il prend la parole lors du banquet final, il sent son père lui dicter ses phrases, tandis que sa mère le compare à ce dernier ; le processus d'identification est complet.

Que signifie ce passage ? Pourquoi Ernest parle-t-il du parricide et de la patriphagie comme « d'institutions sociales fondamentales » ? Pour quelles raisons Ernest a-t-il tué son père ?

Il semble que Roy Lewis fasse ici référence au livre *Totem et tabou* de Freud (médecin autrichien, fondateur de la psychanalyse, 1856-1939), paru en 1912. Dans cet ouvrage, Freud, en étudiant les coutumes des habitants primitifs de l'Australie, propose une théorie sur l'apparition des deux grands tabous qui caractérisent toute société humaine : celui du parricide et celui de l'inceste.

Le thème de l'inceste est exploité de manière assez explicite par Lewis, notamment dans le passage où les fils d'Édouard se voient contraints d'aller se chercher des épouses en dehors de leur horde. Le thème du parricide en revanche, qui constitue l'élément phare du récit jusque dans son titre, est traité de façon plus ambigüe et mérite qu'on s'y arrête un moment.

Dans *Totem et tabou*, Freud rapproche l'interdiction de tuer son père du tabou qui entoure le totem dans les sociétés primitives. L'animal totem ne peut être tué ni mangé, excepté dans des circonstances exceptionnelles impliquant la communauté tout entière, qui permettent alors à tous de communier ensemble avec le totem. Selon le psychanalyste, le totem symboliserait ce père à la fois adoré et craint, parfois détesté, toujours admiré. Il imagine alors un scénario – scénario que reprend Lewis comme trame de son récit – expliquant le meurtre originel du père, ainsi que l'interdit qui frappe ensuite cet acte barbare et le strict respect des règles émises par ce père pourtant défunt :

> « Un père violent, jaloux, gardant pour lui toutes les femelles et chassant ses fils, à mesure qu'ils grandissent […] Un jour, les frères chassés se sont réunis, ont tué et mangé le père, ce qui a mis fin à l'existence de la horde paternelle. Une fois réunis, ils sont devenus entreprenants et ont pu réaliser ce que chacun d'eux, pris individuellement, aurait été incapable

de faire. Il est possible qu'un nouveau progrès de la civilisation, l'invention d'une nouvelle arme leur aient procuré le sentiment de leur supériorité. Qu'ils aient mangé le cadavre de leur père – il n'y a à cela rien d'étonnant, étant donné qu'il s'agit de primitifs cannibales. L'aïeul violent était certainement le modèle envié et redouté de chacun des membres de cette association fraternelle. Or, par l'acte de l'absorption, ils réalisaient leur identification avec lui, s'appropriaient chacun une partie de sa force.

[...]

Ce que le père avait empêché autrefois, par le fait même de son existence, les fils se le défendaient à présent eux-mêmes, en vertu de cette "obéissance rétrospective", caractéristique d'une situation psychique, que la psychanalyse nous a rendue familière. Ils désavouaient leur acte, en prohibant la mise à mort du totem, substitution du père, et ils renonçaient à recueillir les fruits de cet acte, en refusant d'avoir des rapports sexuels avec les femmes qu'ils avaient libérées. C'est ainsi que le sentiment de culpabilité des fils a engendré les deux tabou fondamentaux du totémisme. » (Freud S., *Totem et tabou*, p. 108-109)

Et pour ne pas souffrir de la culpabilité, ils transforment leur père en une sorte de dieu qui « vit en [eux] » (p. 182) : « Quand vous passerez dans la forêt, pensez à lui, qui en fut l'arbre le plus puissant. Et peut-être qu'il vous rendra la pareille. » (*Ibid.*) On aperçoit ici les premiers signes de religiosité : adorez-le et il vous protègera depuis l'autre monde.

« Ils haïssaient le père, qui s'opposait si violemment à leur besoin de puissance et à leurs exigences sexuelles, mais tout en le haïssant ils l'aimaient et l'admiraient. Après l'avoir supprimé, après avoir assouvi leur haine et réalisé leur identification avec lui, ils ont dû se livrer à des manifestations affectives d'une tendresse exagérée. Ils le firent sous la forme du repentir ; ils éprouvèrent un sentiment de culpabilité qui se confond avec le sentiment du repentir communément éprouvé. Le mort devenait plus puissant qu'il ne l'avait jamais été de son vivant. » (FREUD S., *Totem et tabou*, p. 109)

POUR RÉSUMER

- Les fils admirent leur père mais se sentent brimés par les contraintes qu'il leur impose.
- Ils tuent leur père pour s'en libérer.
- Pris de culpabilité, ils s'imposent à eux-mêmes ces mêmes contraintes (tabou de l'inceste).
- Pour se libérer de cette culpabilité, ils font de leur père un dieu intouchable (tabou du parricide).

Par conséquent, l'union des frères pour se libérer de l'autorité du père constitue le passage obligé, selon Freud, pour continuer vers le stade suivant de l'évolution et de la sorte dépasser ce qui avait été atteint par la génération précédente. C'est ici que la théorie de l'évolution peut, d'une certaine manière, être rejointe, car ce ne sont plus les desseins du père qui seront accomplis, mais bien ceux de ses enfants, qui s'approprient son invention et, au contraire de son intention, la gardent pour eux.

PISTES DE RÉFLEXION

QUELQUES QUESTIONS POUR APPROFONDIR SA RÉFLEXION…

- Expliquez le titre du roman.
- Pourquoi, selon vous, est-ce « le livre le plus drôle de toutes ces années, mais aussi l'ouvrage le plus documenté sur l'homme à ses origines » (Théodore Monod) ?
- Où se déroule l'histoire et quels sont les lieux qui sont mentionnés ?
- Quelle morale peut-on tirer de ce roman ?
- Listez les différentes inventions et découvertes opérées par la horde. À quoi correspondent-elles ?
- Quels sont les éléments permettant d'affirmer que l'oncle Vania est passéiste, qu'Édouard est visionnaire et qu'Ernest est plus conventionnel ?
- Le vocabulaire utilisé vous parait-il anachronique par rapport à l'époque à laquelle se déroule le roman ? Si oui, pourquoi ? Appuyez votre réponse d'extraits du roman.
- L'homme doit-il, selon vous, partager ses découvertes avec ses concitoyens ?
- Le progrès vous parait-il avoir des effets nocifs ? Argumentez.
- Quelle vision de la femme est donnée dans ce roman ? Qu'en pensez-vous ?

Votre avis nous intéresse !
Laissez un commentaire sur le site de votre librairie en ligne
et partagez vos coups de cœur sur les réseaux sociaux !

POUR ALLER PLUS LOIN

ÉDITION DE RÉFÉRENCE

- Lewis R., *Pourquoi j'ai mangé mon père*, Paris, Pocket, 2009.

ÉTUDES DE RÉFÉRENCE

- Darwin C., *L'origine des espèces*, Paris, Éditions Flammarion, coll. « GF », 2008.
- Freud S., *Totem et tabou. Interprétation par la psychanalyse de la vie sociale des peuples primitifs*, Paris, Payot, 2004.
- Parmentier R., *Darwin et la théorie de l'évolution. L'origine de l'espèce*, Bruxelles, Lemaitre Publishing, coll. « 50 minutes », 2014.
- « Pourquoi j'ai mangé mon père », in *AC-Strasbourg*, consulté le 18 aout 2016.

Retrouvez notre offre complète sur lePetitLittéraire.fr

- des fiches de lectures
- des commentaires littéraires
- des questionnaires de lecture
- des résumés

ANOUILH
- Antigone

AUSTEN
- Orgueil et Préjugés

BALZAC
- Eugénie Grandet
- Le Père Goriot
- Illusions perdues

BARJAVEL
- La Nuit des temps

BEAUMARCHAIS
- Le Mariage de Figaro

BECKETT
- En attendant Godot

BRETON
- Nadja

CAMUS
- La Peste
- Les Justes
- L'Étranger

CARRÈRE
- Limonov

CÉLINE
- Voyage au bout de la nuit

CERVANTÈS
- Don Quichotte de la Manche

CHATEAUBRIAND
- Mémoires d'outre-tombe

CHODERLOS DE LACLOS
- Les Liaisons dangereuses

CHRÉTIEN DE TROYES
- Yvain ou le Chevalier au lion

CHRISTIE
- Dix Petits Nègres

CLAUDEL
- La Petite Fille de Monsieur Linh
- Le Rapport de Brodeck

COELHO
- L'Alchimiste

CONAN DOYLE
- Le Chien des Baskerville

DAI SIJIE
- Balzac et la Petite Tailleuse chinoise

DE GAULLE
- Mémoires de guerre III. Le Salut. 1944-1946

DE VIGAN
- No et moi

DICKER
- La Vérité sur l'affaire Harry Quebert

DIDEROT
- Supplément au Voyage de Bougainville

DUMAS
- Les Trois Mousquetaires

ÉNARD
- Parlez-leur de batailles, de rois et d'éléphants

FERRARI
- Le Sermon sur la chute de Rome

FLAUBERT
- Madame Bovary

FRANK
- Journal d'Anne Frank

FRED VARGAS
- Pars vite et reviens tard

GARY
- La Vie devant soi

GAUDÉ
- La Mort du roi Tsongor
- Le Soleil des Scorta

GAUTIER
- La Morte amoureuse
- Le Capitaine Fracasse

GAVALDA
- 35 kilos d'espoir

GIDE
- Les Faux-Monnayeurs

GIONO
- Le Grand Troupeau
- Le Hussard sur le toit

GIRAUDOUX
- La guerre de Troie n'aura pas lieu

GOLDING
- Sa Majesté des Mouches

GRIMBERT
- Un secret

HEMINGWAY
- Le Vieil Homme et la Mer

HESSEL
- Indignez-vous !

HOMÈRE
- L'Odyssée

HUGO
- Le Dernier Jour d'un condamné
- Les Misérables
- Notre-Dame de Paris

HUXLEY
- Le Meilleur des mondes

IONESCO
- Rhinocéros
- La Cantatrice chauve

JARY
- Ubu roi

JENNI
- L'Art français de la guerre

JOFFO
- Un sac de billes

KAFKA
- La Métamorphose

KEROUAC
- Sur la route

KESSEL
- Le Lion

LARSSON
- Millenium I. Les hommes qui n'aimaient pas les femmes

LE CLÉZIO
- Mondo

LEVI
- Si c'est un homme

LEVY
- Et si c'était vrai…

MAALOUF
- Léon l'Africain

MALRAUX
- La Condition
  humaine

MARIVAUX
- La Double
  Inconstance
- Le Jeu de l'amour
  et du hasard

MARTINEZ
- Du domaine
  des murmures

MAUPASSANT
- Boule de suif
- Le Horla
- Une vie

MAURIAC
- Le Nœud
  de vipères

MAURIAC
- Le Sagouin

MÉRIMÉE
- Tamango
- Colomba

MERLE
- La mort est
  mon métier

MOLIÈRE
- Le Misanthrope
- L'Avare
- Le Bourgeois
  gentilhomme

MONTAIGNE
- Essais

MORPURGO
- Le Roi Arthur

MUSSET
- Lorenzaccio

MUSSO
- Que serais-je
  sans toi ?

NOTHOMB
- Stupeur et
  Tremblements

ORWELL
- La Ferme
  des animaux
- 1984

PAGNOL
- La Gloire de
  mon père

PANCOL
- Les Yeux jaunes
  des crocodiles

PASCAL
- Pensées

PENNAC
- Au bonheur
  des ogres

POE
- La Chute de la
  maison Usher

PROUST
- Du côté de
  chez Swann

QUENEAU
- Zazie dans
  le métro

QUIGNARD
- Tous les matins
  du monde

RABELAIS
- Gargantua

RACINE
- Andromaque
- Britannicus
- Phèdre

ROUSSEAU
- Confessions

ROSTAND
- Cyrano de
  Bergerac

ROWLING
- Harry Potter à
  l'école des sor-
  ciers

SAINT-EXUPÉRY
- Le Petit Prince
- Vol de nuit

SARTRE
- Huis clos
- La Nausée
- Les Mouches

SCHLINK
- Le Liseur

SCHMITT
- La Part de l'autre
- Oscar et la Dame rose

SEPULVEDA
- Le Vieux qui lisait des romans d'amour

SHAKESPEARE
- Roméo et Juliette

SIMENON
- Le Chien jaune

STEEMAN
- L'Assassin habite au 21

STEINBECK
- Des souris et des hommes

STENDHAL
- Le Rouge et le Noir

STEVENSON
- L'Île au trésor

SÜSKIND
- Le Parfum

TOLSTOÏ
- Anna Karénine

TOURNIER
- Vendredi ou la Vie sauvage

TOUSSAINT
- Fuir

UHLMAN
- L'Ami retrouvé

VERNE
- Le Tour du monde en 80 jours
- Vingt mille lieues sous les mers
- Voyage au centre de la terre

VIAN
- L'Écume des jours

VOLTAIRE
- Candide

WELLS
- La Guerre des mondes

YOURCENAR
- Mémoires d'Hadrien

ZOLA
- Au bonheur des dames
- L'Assommoir
- Germinal

ZWEIG
- Le Joueur d'échecs

www.lepetitlitteraire.fr

ISBN version numérique : 978-2-8062-9083-0
ISBN version papier : 978-2-8062-9084-7
Dépôt legal : D/2016/12603/839

Avec la collaboration d'Alexandre Randal pour les chapitres suivants : « Étude des personnages », « Roy Lewis et les théories de Darwin » et « Le tabou du parricide selon Freud ».

Conception numérique : Primento,
le partenaire numérique des éditeurs.

Ce titre a été réalisé avec le soutien de la Fédération Wallonie-Bruxelles, Service général des Lettres et du Livre.